AF339751

IMPRIMERIE DE BAUDOUIN, FILS,

RUE DE VAUGIRARD, N. 36, PRÈS LA CHAMBRE DES PAIRS.

SUR

LA BROCHURE INTITULÉE:

DANS LA SITUATION

OU LA FRANCE SE TROUVE AUJOURD'HUI
CONVIENT-IL OU NON D'ACCORDER LA
LIBERTÉ DE LA PRESSE?

AVEC CETTE ÉPIGRAPHE

Tirée du XIe numéro de la Correspondance politique et
administrative de M. Fiévée.

> « Notre société est si faible, si incertaine,
> » que le moindre pamphlet suffit pour
> » l'agiter. »

Par A. F. D. S. P.

PARIS,

A LA LIBRAIRIE CONSTITUTIONNELLE DE BAUDOUIN, FRÈRES,
RUE DE VAUGIRARD, N. 36, PRÈS LA CHAMBRE DES PAIRS.

SEPTEMBRE 1818.

SUR

LA BROCHURE INTITULÉE:

DANS LA SITUATION

OU LA FRANCE SE TROUVE AUJOURD'HUI CONVIENT-IL OU NON D'ACCORDER LA LIBERTÉ DE LA PRESSE?

L'AUTEUR qui, on l'assure, est un agent du gouvernement, remet en question ce qui est décidé par la Charte, et, ainsi qu'il le dit dans son avertissement, par l'unanimité des opinions dans les Chambres ; heureusement le choix de l'épigraphe tirée d'un ouvrage qui a été déféré aux tribunaux, ne permet pas de supposer que M. le S. P. ait reçu sa mission des ministres ; il n'y avait d'ailleurs pas nécessité d'aller chercher en Artois un auteur pour répéter dans moins de deux feuilles d'impression, précédées d'une préface et d'un avertissement, les lieux communs que tous les habitués de certains salons savaient par cœur, et débitaient à tout venant, avant que les coryphées de leur parti dont ils étaient les échos, eussent senti eux-mêmes le besoin de la liberté de la presse.

Cette brochure, qui est annoncée comme une réfutation de ce que les orateurs et les écrivains les plus distingués ont dit et écrit sur la liberté de la presse, tomberait probablement dans l'oubli, comme son auteur paraît le présumer, ou plutôt ne serait pas lue, et éprouverait le sort de celles dont la publication est annoncée en tête (1), si nous ne jugions pas qu'un fonctionnaire qui cherche la célébrité, mérite de l'obtenir.

Dans sa préface, M. le S. P. nous prévient que « son ouvrage trouvera beaucoup de censeurs, parce » qu'il combat une des idées dominantes du siècle » celle peut-être qui compte le plus de partissans » parmi toutes les classes de la société. » Dans une note, il explique ce qu'il entend par idées dominantes ; il veut dire idées à la mode, et il ajoute à cette explication que, « comme par sa nature, la » liberté de la presse ne peut être à l'usage que » d'un petit nombre d'individus, c'est un de ces

____

(1) Réponse de M. le lieutenant général Canuel au colonel Fabvier. — Réponse de M. le prévôt du département du Rhône, au même. — Un et un font un, ou M. Fabvier et M. Charrier. Sainneville, par M. le comte de Montrichard.—Marseille et Nismes justifiées, etc., etc.

» droits qui ne touchent que *faiblement* la masse
» d'une nation ; qu'il n'y aurait qu'une circonstance
» qui pourrait lui donner du relief aux yeux de tous
» les Français ; ce serait si nous vivions sous un
» gouvernement tyrannique et oppresseur , et qu'a-
» vec les princes qui nous gouvernent il n'est pas
» craindre que nous éprouvions jamais ce malheur. »

M. le S. P. ne lit probablement que les journaux
et la correspondance de M. Fiévée, qui ne font pas
mention des actes arbitraires ; il n'a lui-même pas
été réacteur : on lui doit cette justice ; et c'est dans
l'ignorance de ce qui s'est passé avant et depuis le
retour du Roi , c'est dans l'innocence de son cœur
qu'il suppose la liberté de la presse inutile et dan-
gereuse. Elle n'est effectivement pas nécessaire contre le Roi , qui dans la Charte a reconnu les droits
de la nation ; elle serait inutile et ne pourrait pas
même exister sous un prince qui deviendrait oppresseur , parce que les agens d'un tel prince n'a-
gissent pas arbitrairement , mais exécutent ses volontés arbitraires , tandis que , sous un prince qui
gouverne suivant des lois constitutionnelles , il y a
arbitraire , lorsque ses agens s'écartent de ces lois ;
et nous avons l'expérience que la liberté de la presse
est un frein pour eux , car il n'est pas un fonctionnaire qui ne se dise maintenant : « Si je m'écarte de
» la loi, je serai denoncé à la France; » et l'on ne voit,
en effet, aujourd'hui exposés à la dénonciation civi-

que, que des fonctionnaires qui ne connaissent pas les lois.

« L'on m'objectera peut-être (dit l'auteur dans la » même note) que des hommes très-éclairés et très- » respectables se sont exprimés publiquement en » faveur de la liberté de la presse ; mais des hommes » qui n'étaient ni moins éclairés, ni moins recomman- » dables ont applaudi à la révolution naissante, et » nous syons tous où cette erreur nous a conduits. »

Des hommes éclairés et recommandables ont applaudi à la révolution ; des hommes éclairés et très-respectables se sont prononcés publiquement en faveur de la liberté de la presse ; et M. le S. P. condamne souverainement la révolution comme une erreur, et repousse la liberté de la presse.... Il est cependant plus modeste, lorsqu'il dit dans sa préface que « beaucoup de personnes le traiteront *sans* » *doute* d'esprit faible et retréci, et que son écrit » ira grossir la foule de tant d'autres dont on s'oc- » cupe quelques instans, et qui tombent ensuite » dans un profond oubli. »

Dans son avertissement, M. le S. P. prévient la France que la question qu'il traite est l'une des plus importantes qui puissent occuper la nation ; qu'il s'agit de décider si, après trente ans de troubles et de malheurs, il nous sera permis enfin de nous reposer, ou si nous serons en proie à de nouvelles agitations ; que la matière devrait être épuisée par tant d'écrits distingués et de discours éloquens ; que cependant la question est loin d'avoir été traitée sous toutes ses faces ; que l'on a été d'accord sur la nécessité de la liberté de la presse ; qu'il n'y a eu dissentiment que sur la manière dont seraient réprimés les abus de la presse ; et que malgré cette unanimité, il veut examiner, non les moyens de répression qu'il faut opposer aux abus, mais s'il convient d'accorder cette liberté, vu notre situation rapport à nous, et relativement aux puissances étrangères ; puis il ajoute qu'il aura atteint son but s'il parvient à prouver « qu'aucune des nations de l'Europe n'est dans une situation qui repousse autant que la nôtre la liberté illimitée de la presse ; que cependant l'Angleterre exceptée, cette liberté n'existe chez aucune d'elles. »

Il y aurait autant d'orgueil à vouloir ajouter à ce qui a été dit et écrit sur la question de la liberté de la presse, qu'il y en a à déclarer que cette question n'a pas encore été convenablement ou suffisamment traitée. On peut donc se dispenser de répondre à cet égard à M. le S. P., mais on doit observer qu'il ne connaît vraisemblablement pas la situation de la nation allemande, ni le caractère de cette nation, qu'il ne connaît pas davantage les Anglais, quoiqu'il vive depuis près de trois ans au milieu d'eux, puisqu'il accorde à ces derniers exclusivement les qualités qu'il refuse à ses compatriotes pour être dignes de la liberté.

Les Anglais éclairés connaissent bien la masse du peuple qu'ils appellent *John bulle*, ils savent très-bien que les paysans français les moins instruits, enfin les hommes que l'on appelle gens du peuple en France sont bien supérieurs en intelligence et en moralité aux mêmes hommes en Angleterre ; et cependant aucun Anglais n'en conviendrait... Un Anglais ne dirait pas, surtout si sa nation s'était levée en masse, à une époque encore récente, pour repousser l'Europe, que l'amour de la patrie n'est pas chez les Anglais un sentiment national comme chez les Français (page 10 de la brochure.)

Ainsi que nous l'avons déjà dit, ce que M. le S. P. appelle son ouvrage est un tissu de grandes phrases, et de lieux communs puisés dans les écrits des amis du pouvoir absolu, et dont l'opinion publique a depuis long-temps fait justice. Nous nous bornerons donc à faire quelques observations sur les notes à la suite.

Une de ces notes (la deuxième) est consacrée à la définition de l'opinion publique ; l'auteur après en avoir fait connaitre les effets et le changement qu'elle a produit dans notre situation, dit : « J'ignore ce qui » résultera de ce changement de situation ; mais tou- » jours est-il vrai que les souverains doivent se tenir » sur leurs gardes, et ne point fortifier eux-mêmes » une puissance qui tend à s'élever sur les débris de » la leur. »

M. le S. P. , en sa qualité de sentinelle vigilante du gouvernement ne se borne pas à donner des avis à celui qui l'a placé en faction pour veiller sur un petit point de la France , mais il s'adresse à tous les souverains ; il n'est chargé, à la vérité, que de la garde d'un petit troupeau, mais il veille sur l'Europe, il ne veut pas que la puissance de l'opinion se fortifie et qu'elle s'élève au-dessus de celle des souverains. L'opinion du monde entier, selon lui, n'est rien rapport à celle de cent individus, chargés d'en gouverner les diverses parties, tout doit céder à cette dernière qui probablement est infaillible comme l'histoire de tous les temps et de tous les pays nous l'apprend.

Dans sa note n°. 3, l'auteur nous dit sérieusement : « L'on a dit , pour justifier la liberté de la presse » que cette liberté avait été accordée par la Charte ; » cela est vrai : mais la Charte nous a été octroyée » en 1814. A cette époque la liberté de la presse ne » présentait pas tous les dangers qu'elle présente au- » jourd'hui. »

M. le S. P. pourrait avoir raison sous un rapport. A l'époque de l'établissement de la Charte, il n'y avait pas encore eu de réaction , il n'était pas encore nécessaire que l'on signalât les nombreuses et *justes* destitutions qui ont eu lieu depuis, et les actes très-*constitutionnels* de grand nombre de fonctionnaires publics ; il n'était pas encore utile d'éclairer le gouvernement sur la *bonne* administration de plusieurs nouveaux

préfets et sous-préfets, ni sur l'extraordinaire *impar-
tialité* des membres de certains tribunaux et de cer-
taines cours ; enfin il n'y avait point encore de cours
prévotales.

Plus loin : « On affecte de croire que si la liberté
» de la presse n'est point accordée, il ne restera au-
» cune garantie contre l'arbitraire, et contre les
» vexations de l'autorité ! Mais ces craintes sont-
» elles bien sincères ? L'autorité commet-elle donc
» des vexations ? N'est-elle pas plutôt beaucoup trop
» affaiblie ? »

On voit, ainsi qu'il a déjà été dit, que M. le S. P.
ne lit que les journaux qui gardent le silence sur les
actes des administrateurs et des juges, et la correspondance administrative et politique de M. Fiévée
qui adresse bien quelques reproches au gouvernement, mais qui ne fait pas mention des actes des préfets, ni des jugemens des cours prévotales. M. le
S. P. qui ne se rend coupable d'aucune vexation
est donc bien excusable de ne pas savoir dans sa ville
si, dans le reste de la France, il s'en commet,
et si la liberté de la presse est nécessaire pour les faire
connaître ; mais quand pour prouver que la liberté
de la presse peut être suspendue, il cite l'exemple de
la suspension de l'*habeas corpus* qui est, dit-il, d'une
bien autre importance que la liberté de la presse ; il
devrait avoir appris que, pendant cette importante

suspension, la liberté de la presse reste entière pour en dénoncer les abus.

Après avoir confirmé par la note 6 les éloges qu'il donne aux ministres, M. le S. P. termine ainsi :

« Enfin il n'y a pas jusqu'à cette administration tant
» calomniée qui n'ait besoin aujourd'hui de plus de
» talent qu'il n'en fallait autrefois. Elle a beaucoup
» moins de force qu'elle n'en a jamais eu. A chaque
» pas elle trouve des résistances, et elle est contrainte
» de s'arrêter devant les obstacles qu'on lui oppose.
» Les attaques auxquelles elle a été en butte depuis
» quelque temps, les mesures imprudentes qui ont
» été adoptées par les Chambres ont achevé de lui
» ôter le peu de force qui lui restait ; et si l'on conti-
» nue à suivre ce faux système, bientôt il lui sera im-
» possible de marcher. Je me propose de traiter cette
» matière dans un ouvrage que je prépare sur l'admi-
» nistration. J'y démontrerai d'une manière qui sera
» évidente pour tous les hommes de bonne foi, que
» les préfets contre lesquels on a si fortement tonné,
» sont absolument sans pouvoir, que ces prétendus
» pachas n'ont pas la centième partie de l'autorité
» qu'avaient autrefois les intendans. De nos jours on
» ne verrait plus se renouveller ces prodiges que l'ad-
» ministration a jadis enfantés. Un préfet ne pour-
» rait plus créer une province, et le célèbre intendant
» de Limoges, s'il revenait à la vie, verrait enchaî-

» ner ses talens, son zèle, et se consumerait en efforts
» superflus. »

Sans doute il faut aujourd'hui plus de talens qu'il n'en fallait autrefois pour administrer avec des baïonnettes, lorsqu'il n'y avait qu'à dire : *Le maître le veut, et la force armée est là pour faire exécuter ses volontés*; sans doute les administrateurs n'ont plus l'usage de cette force pour administrer : ils trouvent de la résistance contre les mesures qui ne sont pas légales, et ils sont contraints de s'arrêter devant les obstacles que l'on oppose à l'arbitraire. Les principes de M. le S. P. sont trop connus sans doute pour que l'on pense qu'il regrette l'ancien mode d'administration, et surtout les commissaires généraux de police qui renforçaient l'administration; mais il est homme, il voudrait ne pas rencontrer de résistances, ni d'obstacles; il est jeune, et il n'est pas encore doué de la patience nécessaire pour attendre que nos institutions et nos formes administratives soient mises en harmonie avec la loi constitutionnelle, et le régime de liberté qui en est la conséquence. Les lois n'ont ni plus ni moins de force que sous l'ancien gouvernement; et, s'il est quelquefois difficile, il n'est jamais impossible à un bon administrateur de les faire exécuter. Il nous manque encore, il est vrai, un code rural complet; mais en attendant, il ne doit pas être permis à l'administrateur, dans les cas non prévus par les lois existantes , de faire exécuter sa volonté au défaut de la loi , parce qu'il pensera que ce qu'il veut est bon , est juste. Nous attendrons l'ouvrage que M. le P. S. prépare sur l'administration ; mais nous déclarons que nous désirons ne voir les administrateurs revêtus d'aucun autre pouvoir que de celui de faire observer les lois dont l'exécution leur est confiée.

FIN.